ようこそ、「恐怖《きょうふ》の放課後《ほうかご》」へ。
「春に怪談《かいだん》なんてヘンだ」
そう思っているきみ。フフフ……それは
大まちがいだよ。
光あふれる春、花の咲《さ》き始《はじ》める春。
そんな春にも、おぞましい悪霊《あくりょう》たちは
休むことなく動き回っているんだ。
ほら、きみのすぐうしろにも……。
さぁ、今日もいっしょに行こう。
せすじもこおる、放課後《ほうかご》の世界《せかい》へ……

目次

入学式《にゅうがくしき》のあの子

六年生として、初《はじ》めての大仕事《おおしごと》がやってきた。今日は、新一年生の入学式《にゅうがくしき》。その子たちのお世話《せわ》をするのが六年生としての大事《だいじ》な仕事《しごと》。

「綾香《あやか》、準備《じゅんび》はオーケー？　じゃ、そろそろ始《はじ》めようか」

友だちの菜月《なつき》がわたしに目配《めくば》せをした。かわいらしく着飾《きかざ》った新一年生たちが、教室に勢《せい》ぞろいしている。わたしたちはこの教室で、この子たちのお世話《せわ》をする。入学式《にゅうがくしき》の準備《じゅんび》ができるまで、紙芝居《かみしばい》をして

あきさせないようにするのがその仕事《しごと》だ。

「外国のお話です。あるところにシンデレラという……」

なかなかいい出だしだ。新一年生たちも、真剣《しんけん》な目でわたしたちの紙芝居《かみしばい》を見つめている。

（みんな、かわいいな。……でもあの子、さっきからずっとわたしを見ているような気がする。気のせいかなあ）

一人の男の子が、じっとわたしを見つめている。そんな気がしてしかたがない。

（やっぱり見てるわ。何《なん》なのかしら。……あの子、だれかに似《に》ている。たしかどこかで見たような……）

じぃーー…
どうしたの〜ボク?

「何《なに》してるの、綾香《あやか》。あんたが読む番よ」

ハッとして、文字を探《さが》す。その時、三年生の先生が、ドアを開《あ》けて小声で言った。

「そろそろ出発《しゅっぱつ》よ。一年生を後《うし》ろに並《なら》べて」

入学式が始《はじ》まる。教室の後《うし》ろに整列《せいれつ》し、男の子と女の子で手をつながせる。あとは担当《たんとう》の先生におまかせだ。

「あたしたちも急《いそ》いで体育館《たいいくかん》に行かなくちゃ」

わたしたち六年生は、一年生の後《うし》ろに座《すわ》って、いっしょに式《しき》に参加《さんか》する。わたしは自分の仕事《しごと》を終《お》え、ホッとした気持《きも》ちでイスにこしかけていた。

ざわざわとした声が静《しず》まり、それから間もなく入学式《にゅうがくしき》が始《はじ》まった。校長先生が壇上《だんじょう》に立つ。

「みなさん、ご入学おめでとうございます」

型《かた》どおりのあいさつが始《はじ》まったその時だった。とつぜん、ひとりの一年生が立ちあがり、わたしの方をじっと見た。

（あの子だ！）

そう、それはあの男の子。近くにいた六年生が、あわててそばに寄《よ》り、席《せき》に着《つ》くように声をかける。けれどその子は座《すわ》らない。ふり向《む》いたままの姿勢《しせい》で、じっとわたしを見つめている。

「座《すわ》って校長先生のお話を聞きましょうね」

今度《こんど》は先生方が二人、その子のところへ行き、どうにか座《すわ》らせた。

「何なの、あの子。へんな子ねえ」

となりの席の紫織《しおり》が、そっとわたしに耳打《みみう》ちする。そしてその後《あと》に、こんなことを言った。

「あの子、何だか綾香《あやか》に似《に》てるわね」

「やめてよ。そんなことあるわけないじゃん」

そうは言ったわたしだが、心の中ではこう思っていた。

(そうか。わたしに似《に》てるんだ)

他人《たにん》のそら似《に》ってやつ？　わたしは何だかあの男の子が、急《きゅう》にかわいく見えてきた。

それからしばらくして、入学《にゅうがく》式《しき》は無事《ぶじ》に終了《しゅうりょう》した。

帰り道、とちゅうで友だちとバイバイをし、わたしは一人で家への道を歩いていた。

「今日は習《なら》い事《ごと》がない日だ。ラッキー！」

わたしは何となくいい気分で、コンビニの角を曲《ま》がる。

「えっ、何？」

カーブミラーに、小さな人影《ひとかげ》が映《うつ》った。わたしのすぐ後《うし》ろだ。反射的《はんしゃてき》にふり向《む》くわたし。そこにはなんと、〝あの子〟がいた。ずっとわたしの後《あと》をつけてきたんだろうか。

「ねえ、あなた。さっき入学式《にゅうがくしき》に出てた子でしょう? おかあさんはどうしたの? どうして一人でいるのよ」

わたしがいくらたずねても、その子はじっとわたしを見るだけで何も答《こた》えない。

「は、早く帰りなさい。おうちの人が心配《しんぱい》してるわよ」

わたしはそれだけ言うと、一気に走り出す。何だかあの子がこわくなった。よくわからない何かが、わたしの背中《せなか》をゾゾッとはいあがる。二百メートルくらい走っただろうか。

「はあ、はあ。もうここまでくればいいわね」

ふり返《かえ》ってみると、当然《とうぜん》のことだがあの子の姿《すがた》はどこにも見えない。

「いったい何なのよ、あの子。あっちも『ぼくによく似《に》たお姉ちゃん』とか思ってるのかしら。迷惑《めいわく》よね〜。だいたい……」

そこでわたしのひとりごとは、ぴたっと止まった。顔を上げたわたしの前に、あの子が立っていたからだ。

「ヒイ〜ッ、い、いったい何なのよ、あんたは！」

うしろへひっくり返《かえ》りそうになったわたしを見て、その子は少し、悲《かな》しそうな顔になった。そしてポツリとこう言った。

「ぼくがわからないんだね。ぼくはずっと会いたかったのに。お姉ちゃんにずっと会いたかったのに……」

そして、ふくらんだポケットの中から、何か丸いものを取《と》りだし、わたしの目の前に差《さ》し出した。

「ほらこれ、まだ持《も》ってるよ。ずっと大事《だいじ》に持《も》ってたよ」

それは青い一つのカラーボール。わたしはそのボールを、そっと手にした。なぜかなつかしい感《かん》じのするボール。どこにでもあるふつうのボールなのだが……。

「このボール……。ゆうと？」

たしかにそのボールには、黒いマジックで「ゆうと」と書いてある。

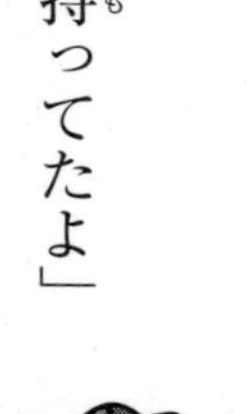

「こ、これ、わたしがずっと前に書いた字だ。弟の〝ゆうと〟にあげたの。それにこのボールは、お墓《はか》の中にうまっているはずなのよ。ゆうとといっしょに」

ゆうとは、三歳《さい》の時に交通事故《こうつうじこ》でこの世を去《さ》っていた。わたしはじっと、この男の子を見つめた。似《に》ている……。

「ゆうと……。あなた、ゆうと?」

どうしてそんな言葉《ことば》が自分の口からこぼれたのか、それはわからない。けれど、そんなわたしの言葉《ことば》に、この男の子は小さくうなずいた。

「やっとわかってくれたんだね。ぼく、ずっと会いたかったんだよ。三年間も、ずっと暗《くら》いところで待《ま》っていたんだよ」

わたしは思わずその子、いや、ゆうとを強く抱《だ》きしめた。そんなバカな話はない。そんなことはわかっているのだけれど、それでもわたしの目からは、なぜか大粒《おおつぶ》の涙《なみだ》があふれて止まらなかった。

「ゆうと！」

「お姉ちゃん！」

とうていあり得《え》ないことなのに、今は恐怖《きょうふ》も疑《うたが》いもなかった。

「ゆうと、お帰り……」

春の風が、わたしとゆうとをやさしくつつみこんでいた。

桜《さくら》の下で霊《れい》が泣《な》く

ぼくの学校には、桜《さくら》の木が何本も植《う》えられている。その中でもひときわ太く、大きい桜《さくら》が学校のシンボルにもなっているんだ。ところが、「あの桜《さくら》の木の下には、人間が埋《う》められている」という言い伝《つた》えがある。うそか本当か、それはだれにもわからない。けれど、その言い伝《つた》えを知らない者《もの》は、ぼくの学校には一人もいない。

「うーん、だいぶあったかくなってきたな」

ぼくと二人の友だちは、フットサルの練習《れんしゅう》帰りだ。星も出ていないまっ暗《くら》な夜だった。

「なあ、ちょっと学校へ寄《よ》ってみないか？」

太一《たいち》が自転車《じてんしゃ》のペダルをこぎながら、ぼくと航《わたる》の顔をのぞきこむ。

「何しに行くんだよ」

「あの桜《さくら》を見に行くんだよ。すすり泣《な》きって、夜に聞こえるっていうじゃんか」

とんでもない提案《ていあん》だ。だけどちょっと興味《きょうみ》もある。

「桜《さくら》ねえ……。行ってみるか」

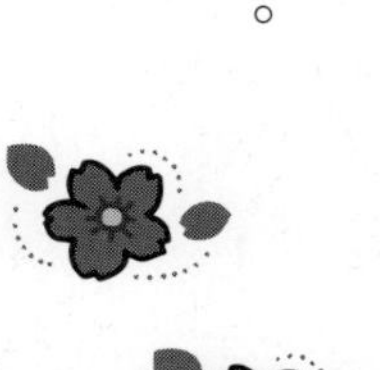

ぼくと航《わたる》は互《たが》いに顔を見合わせ、太一《たいち》の提案《ていあん》に賛成《さんせい》することにした。

夜の学校は、思った通りまっ暗《くら》だった。ぼくたちはかぎのこわれている裏門《うらもん》から、自転車《じてんしゃ》ごと校庭《こうてい》に入った。校舎《こうしゃ》がまっ黒な化《ば》けものみたいに、ぼくたちをじっと見おろしている。その桜《さくら》の木は、校庭《こうてい》のかたすみに枝《えだ》を広げて立っていた。花が咲《さ》くにはまだ少し早い時期《じき》だ。

「なんか聞こえるかな」

太一《たいち》がさっそく太い桜《さくら》の木に耳をつけて、目をつぶる。うわさの〝すすり泣《な》き〟を聞こうとしているらしい。

「ちぇっ、何も聞こえねえや。もっと上の方はどうかな?」

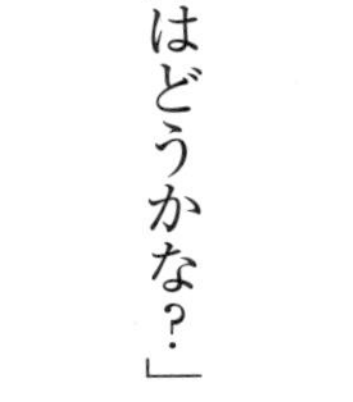

「えっ、おい、そりゃまずいよ。やめとけってば」

しかし、ぼくと航《わたる》が止《と》めるのもきかず、太一《たいち》は桜《さくら》の木に登《のぼ》り始《はじ》めた。

さすがは運動神経《うんどうしんけい》バツグンの太一《たいち》だ。サルみたいに、スルスルと登《のぼ》っていく。

「どうだ。何か聞こえるか？」

航《わたる》が両手《りょうて》でメガホンの形を作り、ちょっと声をひそめて太一《たいち》に言った。

「ぜーんぜん」
それだけ言うと、太一《たいち》は木から降《お》り始《はじ》めた。とちゅうまで降《お》りてから、ポンと地面《じめん》に飛《と》び降《お》りる。
「やっぱりな。こんなのって、たいていインチキなんだ」

それだけ言うと、目の前の木を思い切り足でけった。ぼくは思わず、

「あっ!」と声をあげる。と、その時だった。どこからか「キーッ、キーッ」という、かすかな音が聞こえてきた。

「な、何だ?」

あたりをキョロキョロと見回す。それはブランコの方から聞こえていた。だれも乗《の》っていないはずのブランコが、ゆっくりと揺《ゆ》れているのだ。さらに、だれも登《のぼ》っていないはずの登《のぼ》り棒《ぼう》が、カタカタと大きな音を立て始《はじ》めた。そして聞こえてきたんだ、だれかがすすり泣《な》くような、悲しい声が……。

「うわわっ、出たぁ!」

ぼくたちは大あわてで自転車《じてんしゃ》に飛《と》び乗《の》り、ペダルを踏《ふ》んだ。航《わたる》と太一《たいち》はものすごいスピードで出口へ向《む》かい、すぐにぼくの視界《しかい》から消《き》えた。

「ま、待《ま》ってくれよ。あ、あれ？」

なんとぼくの自転車《じてんしゃ》は、こんな時に限《かぎ》ってチェーンがはずれて、走れなくなってしまった。その時、ふっとぼくの影《かげ》が地面《じめん》にうつった。振《ふ》り返《かえ》ると、そびえ立った桜《さくら》の木が青白くボウッと光っている。ぼくは自転《じてん》車《しゃ》を放《ほう》り出して、一目散《いちもくさん》に逃《に》げた。

「待《ま》ってくれ。おおい、待《ま》ってくれよう！」

ぼくがいくらさけんでも、二人から返事《へんじ》はなかった。するとぼくの目の前を、白っぽい何かがサーッと横切《よこぎ》った。（えっ、雪？）ところがそ

うではなかった。それは、桜《さくら》の花びらだったのだ。無数《むすう》の花びらが〝竜巻《たつまき》〟のように舞《ま》って、ぼくの体をすっぽりと包《つつ》みこんだ。あの木には、花びらなんてまだ一枚《いちまい》もなかったはずなのに。

「助《たす》けて！　だれか助《たす》けてよ！」

ぼくは泣《な》き声でそう叫《さけ》びながら、〝竜巻《たつまき》〟の上を見上げた。するとそこには、悲しそうな女の人の大きな顔があった。

【お願《ねが》い。わたしの桜《さくら》を傷《きず》つけないで】

それはまるですすり泣《な》きのようだった。

「ゆるして！　ゆるして！」

ぼくの声は、ごうごうという花びらの竜巻《たつまき》の音にかき消《け》され、そして

ぼくはそのまま気を失《うしな》った……。

いったい、どれくらいの時間がたったのだろう。気がつくと、そこにはおとうさんとおかあさんの顔があった。月がこうこうと明るい夜空も見える。そして、なぜかばんそうこうだらけの航《わたる》と太一《たいち》がいた。特《とく》に太一《たいち》は、顔中ばんそうこうだらけだ。

「よかった、気がついて。太一君《たいちくん》と航君《わたるくん》が教えてくれたのよ」

おかあさんだった。

「太一君《たいちくん》と航君《わたるくん》から聞いたけど、とても信《しん》じられない話だな。本当はどうなんだ？」

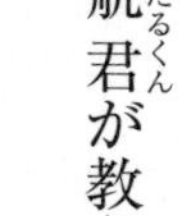

おとうさんは、二人の話が信《しん》じられないみたいだ。無理《むり》もない。

「ぼくだって、信《しん》じられないくらいなんだ。なあ」

ぼくはそう言って、太一《たいち》と航《わたる》を見た。

「そりゃもう、心臓《しんぞう》が口《くち》から飛《と》び出すかと思うくらい、びっくりしたよ」

「それより、そのはでなばんそうこうはどうしたんだよ」
起《お》きあがろうとしたぼくの体を、おとうさんが支《ささ》えてくれた。
「そこ、そこなんだよ。おれたち、大あわてで逃《に》げ出しただろう? そうしたら、どういうわけか自転車《じてんしゃ》の急《きゅう》ブレーキがかかって、ふっとんじまったんだ」
航《わたる》の説明《せつめい》に、太一《たいち》が割《わ》りこんだ。

「航《わたる》はまだいいよ。後ろのブレーキがかかったからな。でもおれなんて、前のブレーキがかかったもんだから、五、六メートルはふっとんじまったんだ。まったくどうなってんだか、わけわかんねえよ。二人そろってブレーキがかかるなんて、ありえないもんな」

そんな二人の話を聞きながら、ぼくは、花びらの竜巻《たつまき》の中で見た女の人の悲しそうな顔と、【　わたしの桜《さくら》を傷《きず》つけないで　】という声を思い出していた。

ゆっくりと立ち上がって、桜《さくら》の木を見た。やはりまだ、花は開《ひら》いていない。その枝《えだ》の向《む》こうに青白い月がまぶしく光っている。

「ごめんなさい。どうぞゆっくり休んでください」

ぼくはそっと手を合わせる。そんなぼくを、太一《たいち》と航《わたる》の二人が不思議《ふしぎ》そうな顔《かお》をしてじっと見ていた。

一人多い……

夕稀乃《ゆきの》ちゃんは今日、三年生に進級《しんきゅう》しました。
「クラス替《が》えかあ。ぼく、なんかワクワクしちゃうな」
「あたしはいやだなあ。なかよしの友だちとはなれちゃうかもしれないんだもん」
みんなは口々《くちぐち》に、初《はじ》めてのクラス替《が》えについて話をしています。やがて、新しく三年生の担任《たんにん》になった先生たちから、名前が呼《よ》ばれていきま

す。夕稀乃《ゆきの》ちゃんは二組になりました。

「みなさん、おはようございます。わたしが今度《こんど》みなさんの担任《たんにん》になりました、三輪《みわ》先生です。よろしくね」

やさしそうな女の先生です。

夕稀乃《ゆきの》ちゃんはホッとむねをなでおろしました。

「このクラスには二十八人のお友だちがいます。それではお名前を呼《よ》んでいきますよ。山岸《やまぎし》祐太《ゆうた》君《くん》。安藤《あんどう》和樹《かずき》君《くん》……」

次々《つぎつぎ》に名前が呼《よ》ばれていきます。夕稀乃《ゆきの》ちゃんは女子の八番目でした。

全員《ぜんいん》の名前を呼《よ》び終《お》わったとき、先生がちょこっと首をかしげました。

「おかしいわね。さっき数えたときには、たしかに二十九人いたのに。

ええと、一、二、三、四……。あら、やっぱり二十九人いるわ」

何度《なんど》たしかめても同じことでした。めいぼでは二十八人なのに、人数を数えてみると、なぜか二十九人いるのです。

「これって〝ざしきわらし〟じゃん?」

お調子者《ちょうしもの》の裕太郎《ゆうたろう》君《くん》がみんなをドッと笑《わら》わせます。

「きっとそうね。はい、それじゃ自己紹介《じこしょうかい》を始《はじ》めましょうか」

先生は、あまりものごとにこだわらないタイプのようです。夕稀乃《ゆきの》ちゃんは、先生のこんなところも好《す》きになりそうです。

一学期《いちがっき》の最初《さいしょ》の日は、あっという間にすぎていきます。ほとんど自己《じこ》紹介《しょうかい》だけで終《お》わってしまいました。

「さよなら！」

「先生、さようなら！」

みんなダッシュで、教室を出て行きました。

「また同じクラスになれてよかったね」

夕稀乃《ゆきの》ちゃんは、なかよしの友だちといっしょに帰ります。と、その時です。

「あっ、いけない。お手紙のプリントおいてきちゃった。どうしよう」

「今日の手紙、大事《だいじ》なことがいっぱい書いてあるって、先生言ってたよ」

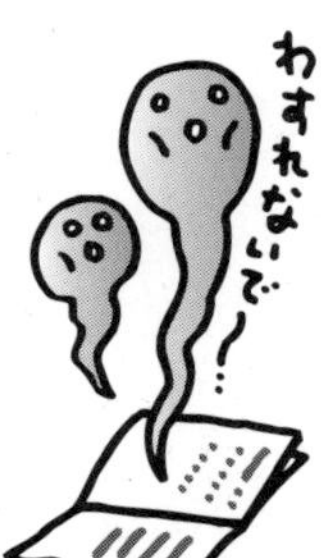

三年生になった最初《さいしょ》の日だというのに、さっそく忘《わす》れ物《もの》をしてしまいました。夕稀乃《ゆきの》ちゃんは家へ帰るとおかあさんにわけを言い、走って学

校へもどりました。

「失礼《しつれい》します。三輪《みわ》先生、いらっしゃいますか？」

職員室《しょくいんしつ》のドアを開《あ》けると、まっ正面《しょうめん》に三輪《みわ》先生の机《つくえ》がありました。

「あら、……ええと、夕稀乃《ゆきの》さんだったわね。どうしたの？」

先生は、他《ほか》の先生たちと何か話をしていました。

「あのう、忘《わす》れ物《もの》をしちゃって。教室へ取《と》りに行ってもいいですか？」

「まあ、最初《さいしょ》の日からこまったちゃんだわね。いいわ、行ってらっしゃい。先生は会議中《かいぎちゅう》だから、一人で行けるわね」

先生の言葉《ことば》に、夕稀乃《ゆきの》ちゃんは、「はい」と答《こた》えました。

うっかり二年生の教室に行きそうになりましたが、とちゅうで気づい

て向《む》きを変《か》えます。

「いけない。今日から三年二組なんだっけ」

夕稀乃《ゆきの》ちゃんは、階段《かいだん》を勢《いきお》いよくかけ上がっていきました。

「手紙、手紙っと」

へんなリズムをつけて、そう言いながら、教室のドアを開《あ》けました。

「えっ！」

夕稀乃《ゆきの》ちゃんは、ドキッとしました。

教室のすみっこに、一人の女の子がじっ

と座《すわ》っていたからです。おかっぱ頭の、小さな女の子。どう見ても三年生ではなさそうです。

「あなた、だれ？」

夕稀乃《ゆきの》ちゃんが小声でたずねてみると、その子はゆっくりと顔を上げて、夕稀乃《ゆきの》ちゃんを見ました。ほっぺの赤い、おとなしそうな子です。

その子は右手を差《さ》し出して、夕稀乃《ゆきの》ちゃんを手まねきしました。ひとこともしゃべりません。

（もしかして、本当にざしきわらし？）

おそるおそるその子に近づいていきます。

「あら、お手玉」

つくえの上には、きれいな色のお手玉が三つ乗《の》っています。そしてその子はそのお手玉を手にすると、あざやかに空中に投《な》げあげていきます。

「わあ、じょうず。あたしのおばあちゃんみたい」

夕稀乃《ゆきの》ちゃんのおばあちゃんも、お手玉が大得意《だいとくい》でした。去年《きょねん》死《し》んでしまったおばあちゃん……。

その子はとつぜん、お手玉をやめました。

そして、それを夕稀乃《ゆきの》ちゃんの方に差《さ》し出しました。

「えっ、あたしにやってみろっていうの？　だめ、すごくヘタだから」

するとその子はお手玉を持《も》って、夕稀乃《ゆきの》ちゃんの手に渡《わた》しました。

「わっ、つめたい！」

そう、その子の手は、氷《こおり》のようにつめたかったのです。

「わかった、やってみる。こっちの手でこう受《う》けるわけね。それからこうやって……」

女の子に教えてもらった夕稀乃《ゆきの》ちゃんは、あっという間にお手玉がじょうずになりました。信《しん》じられないくらいの上達《じょうたつ》ぶりです。

次に女の子は、教室のボールを手にしました。そして、夕稀乃《ゆきの》ちゃんの方へそっと投《な》げ渡《わた》します。

「今度《こんど》はボール遊《あそ》びがしたいのね。いいわ。ほら、いくわよ」

夕稀乃《ゆきの》ちゃんが女の子にボールを投《な》げます。それを女の子が投《な》げ返《かえ》して、ボール投《な》げの始《はじ》まりです。

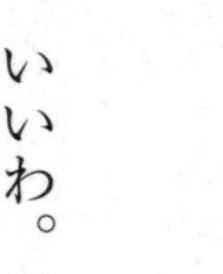

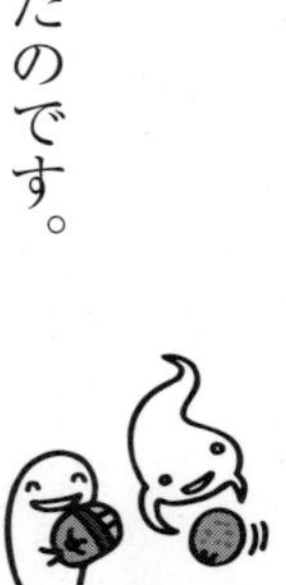

どれくらい遊《あそ》んだのでしょうか。教室に三輪《みわ》先生がやってきました。

「まあ、まだいたの。お手紙、見つからないの？」

夕稀乃《ゆきの》ちゃんは首を横《よこ》にふります。そしてこう言いました。

「ちがいます。この子と遊《あそ》んで……」

ふり返《かえ》ると、そこにはだれも

いませんでした。先生は、夕稀乃《ゆきの》ちゃんの背中《せなか》をポンとたたきます。

「はいはい、帰った、帰った。先生もいそがしいんだから」

おかしな話です。今、ここで遊《あそ》んでいたばっかりだというのに。

夕稀乃《ゆきの》ちゃんは首をちょこっとかしげ、それから忘《わす》れ物《もの》の手紙を二つにおりたたみました。

教室を出るとき、もう一度《いちど》後《うし》ろをふり返《かえ》ります。すると、いつのまにか黒板《こくばん》にチョークで「ありがとう」の文字が大きく書かれていました。

「わたしも楽しかったよ。また遊《あそ》ぼうね、ざしきわらしさん!」

開《あ》けっ放《ぱな》しのまどから、どうっと春の風がふきこみました。

赤ちゃんの笑《わら》う声

三年二組の教室では算数の授業《じゅぎょう》が始《はじ》まっていました。今日は「三《さん》ケタの引き算」です。

「あら、長いじょうぎがないわね。菜々花《ななか》さん、じょうぎがあるところ、知ってるわよね。二年生の時、先生といっしょに行ったお部屋《へや》よ。取《と》ってきてくれない?」

わたしはコクンとうなずきました。そのお部屋《へや》は、「算数資料室《しりょうしつ》」と

いうお部屋《へや》です。わたしは一人で、教室を出て行きました。算数係《かかり》はわたしともう一人、賢作君《けんさくくん》がいるのですが、今日はかぜでお休みです。算数資料室《しりょうしつ》は、めったに人の行かない四階《かい》にあります。わたしの教室は二階《かい》なので、ちょっとはなれたところです。

階段《かいだん》を上がって、四階《かい》につきました。長い廊下《ろうか》がシーンと静《しず》まりかえっています。わたしが歩くたびに、うわばきの音がキュッ、キュッとひびきます。

「えーっと、一番《いちばん》はじっこのお部屋《へや》だったよね」

わたしはそんなひとりごとを言いながら、歩いていきました。

【キャッ、キャッ、キャッ……】

わたしの足が、フッと止まります。

「何かなあ、今の。赤ちゃんが笑《わら》ったみたいに聞こえたけど」

耳をすますと、もう聞こえません。

「なんだ、気のせいか」

わたしは気を取《と》り直《なお》して、また歩き出します。

【フフッ。キャッ、キャッ】

また聞こえました。今度《こんど》ははっきり聞こえたのです。

「どこか、近くの家の赤ちゃんが笑《わら》っているんだわ。は、早くじょうぎを持《も》って行かなくちゃ」

なんだか、いつまでもここにいてはいけないような気がしてきました。

足を速《はや》めたわたしがようやく算数資料室《しりょうしつ》の前にたどりついたその時です。

【アハハハ。キャーッ】

その声は、廊下《ろうか》中にひびきわたりました。とても、近所《きんじょ》の赤ちゃんが笑《わら》っているなんて思えません。

「いやだ～！」

もう、じょうぎどころではありません。わたしは長い廊下《ろうか》を走って、階段《かいだん》のところまで行きました。ところがどうしたことでしょう。さっき上がってきたはずの階段《かいだん》が、どこにもないのです。

「なんで？　なんで階段《かいだん》がないの？」

笑《わら》い声が、だんだん近づいてきます。わたしは半べそをかきながら、にげる場所《ばしょ》をさがしました。

「はっ、トイレ……」

わたしはとっさに、トイレへかけこみました。

(もう行って。あっちへ行って)

わたしは心の中で、そういのりました。笑《わら》い声は、トイレのドアの前まで来ています。けれどそこで笑《わら》い声は、ピタッと止まりました。

「よかった。行ってくれたんだ」

ところがそうではありません。それまでの笑《わら》い声が、今度は泣《な》き声に変《か》わっていったのです。ぐずるような、悲しい泣《な》き声に。

【ギギッ】

わたしはトイレのおくに、とびのきました。トイレのドアがゆっくりと開《ひら》いてくるのです。かすかな泣《な》き声と共《とも》に。

「いやっ、お願《ねが》い、来ないで。もうあっちに行って!」

わたしはあまりの恐怖《きょうふ》に、泣《な》き出してしまいました。そのドアが半分《はんぶん》ほど開《ひら》いたときです。

「ええいっ!」

わたしは勇気《ゆうき》をふるいおこして、ドアのすきまから外に飛《と》び出しました。長い廊下《ろうか》の一番《いちばん》おくに、さっきまでなかった階段《かいだん》が見えます。

「あそこまで走るんだ」

　思い切り走ったのがいけなかったのか、わたしは廊下《ろうか》のとちゅうで足がもつれ、その場《ば》にころんでしまいました。

「いたたた……」

　ふと横《よこ》を向《む》くと、そこには大きな鏡《かがみ》がありました。そこにうつった自分のすがたを見て、わたしは悲鳴をあげてしまいました。わたしの背中《せなか》に、見知らぬ赤ちゃんがおぶさっていたのです。

「はなれて！　はなれてよう！」

　おそろしさに、気がくる

いそうです。と、その時、

「菜々花《ななか》さん、ど、どうしたの！　何があったの！」

先生でした。わたしの悲鳴を聞きつけて、先生がかけつけてくれたのです。

「先生、赤ちゃんが……」

もう一度《いちど》鏡《かがみ》を見ます。するとさっきの赤ちゃんはもういません。わたしは恐怖《きょうふ》にひきつる顔と口で、これまでのことを話しました。先生は、わたしの話をうなずきながら聞いてくれました。そしてこう言ったのです。

「そう、あなたも見たのね。先生も去年《きょねん》、あなたと同じものを見たし、

同じ声を聞いたわ。それなのに、一人で取《と》りに行かせたりしてごめんなさい。実《じつ》はね……」

先生はふるえが止まらないわたしの体をやさしくだいて、こんな話をしてくれたのです。

「もう十年近くも前のことなの。赤ちゃんをおんぶして、授業参観《じゅぎょうさんかん》に来た一人のおかあさんがいたの。そのおかあさん、ついうっかり階段《かいだん》でつまづいて、一番《いちばん》上からころがり落《お》ちてしまったのよ。その時、赤ちゃんはね……」

先生の声が、だんだん小さくなっていきます。その事故《じこ》でおかあさんは大けがをし、赤ちゃんはかわいそうに助《たす》からなかったそうです。

「その赤ちゃんが生きていれば、今、ちょうどあなたくらいの学年になっているはずよ」

わたしは先生の話を聞いて、何だかその赤ちゃんが、かわいそうになってきました。そんな事故《じこ》さえなければ、きっと今ごろこの学校で、わたしたちといっしょに楽《たの》しくすごしていたでしょうに……。

「さみしかったのね。ごめんね、こわがったりして」

わたしはその場で、そっと手を合わせました。先生も同じように手を合わせます。

「赤ちゃん。あなたも今日からわたしの心の中で、クラスメイトだよ。いっしょに楽しいことをたくさんしようね」

廊下《ろうか》のまどから、明るい光がななめにさしこんでいました。

ぜったい、読むな

彩菜《あやな》は先週《せんしゅう》、この「ひばりヶ丘《おか》小学校」に転校《てんこう》してきたばかりだ。前の学校は、どちらかというと元気者《もの》がいっぱいの、にぎやかな学校だった。いや、〝やかましい〟と言った方が正確《せいかく》かも知れない。ところがひばりヶ丘《おか》小学校は、みんなとてもお行儀《ぎょうぎ》がいい。全校《ぜんこう》の子どもたちが集《あつ》まっても、ほとんど物音《ものおと》がしない。この前の始業式《しぎょうしき》の日、全校《ぜんこう》の前で紹介《しょうかい》されたときも、あまり静《しず》かだったので、とてもきんちょうしてし

まった彩菜《あやな》だった。

この学校でおどろかされたことが他《ほか》にもあった。それは子どもたちがみんな、とても本好《ず》きで休み時間も教室にいて本を読んでいる子が多いということだ。前の学校では、決《けっ》してそんなことはなかった。休み時間になるとみんな、まるでケージを開《あ》けてもらった犬みたいに、校庭《こうてい》にダッシュした。ボー

ルのうばいあいもいつものことだった。けれどここはちがう。あまりにもちがいすぎる。男子までが静《しず》かに本を読んでいる。

「ねえ、どうしてこの学校の子たちは、外へ遊《あそ》びに行かないの？」

彩菜《あやな》は、近くの席《せき》の女の子にそっとたずねてみた。

「どうしてって……。本を読んでいる方が楽しいからよ。それにこの学校は……。まあ、いいわ。とにかく、読書のじゃまをしないでちょうだい」

つれない返事《へんじ》だった。

（へんな学校に来ちゃったなあ。ふうっ、いきがつまっちゃいそう）

一人で校庭《こうてい》に出てみたけれど、すみの方で低学年《ていがくねん》の子が七、八人、夕

イヤとびをしているだけだった。

ある日の授業中《じゅぎょうちゅう》のことだ。彩菜《あやな》は急《きゅう》に頭が痛《いた》くなった。

「しょうがないわね。それじゃ保健係《ほけんがかり》さん、保健室《ほけんしつ》へ連《つ》れて行って」

保健係《ほけんがかり》の美佳《みか》が、わたしの顔をのぞきこんで「行こう」と声をかけてくれた。

この学校の保健室《ほけんしつ》に行くのは初《はじ》めてだ。どこにどんな教室があるのかさえ、転校《てんこう》してきたばかりの彩菜《あやな》にはよくわからない。うんと軽《かる》くうなずいて、どうにか立ち上がった。

「保健《ほけん》の先生ってこわい人？」

「ううん、そんなことないよ。どっちかっていうと、やさしいタイプかな」

美佳《みか》のこの言葉に、彩菜《あやな》はホッと胸《むね》をなでおろした。なぜかというと、前にいた学校の保健《ほけん》の先生はこわくて、ちょっと苦手《にがて》だったからだ。

「失礼《しつれい》しまーす」

美佳《みか》の声が、静《しず》かな保健室《ほけんしつ》にひびく。

「あなた、たしか転入《てんにゅう》してきた子よね。お名前は？」

その優《やさ》しい口調《くちょう》に、彩菜《あやな》はもう一度《いちど》、ホッとした。

「富江《とみえ》彩菜《あやな》です」

「そう、よろしくね。頭が痛《いた》いの？　それじゃとりあえず熱《ねつ》を測《はか》ってみるから、保健係《ほけんがかり》さんはお教室へ帰っていて。ごくろうさま」

先生の言葉に、美佳《みか》は教室へもどった。結局《けっきょく》、熱《ねつ》は平熱《へいねつ》で保健室《ほけんしつ》で少《すこ》し休んだあと、彩菜《あやな》は一人で教室まで帰ることになった。

(ちゃんと帰れるかなあ。でも、教室まで帰れるかどうかわかりませんなんて、かっこ悪《わる》くて言えないし……)

彩菜《あやな》はしかたなく、一人で保健室《ほけんしつ》を後にした。

「ええと、たしかこっちを曲《ま》がると階段《かいだん》だったよね」

ひとりごとを言いながら、美佳《みか》と来たコースを思い出そうとしていた。

「ここはこっちでよかったかな……。あれっ、ちがうなあ」

見なれない場所《ばしょ》へ出てしまった。それにしても静《しず》かな学校だ。どこの教室からもさわいでいる声なんか、ちっとも聞こえてこない。

「やっぱりこっちじゃないんだ。うーん、こまったぞ」

彩菜《あやな》は、校内で迷《まよ》ってしまったのだ。ぐるぐると歩き回っているうちに、ふっと図書室の前に出た。

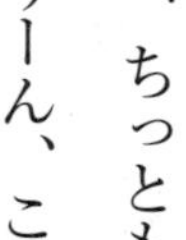

「きれいな図書室ねえ。前の学校みたいに、オンボロじゃないね」

彩菜《あやな》はつい、その図書室に足をふみ入れた。

「本もたくさんあるなあ。それにずいぶんきちんとせいとんされてるし」

自分が学校の中で迷子《まいご》になっていることも忘《わす》れて、ズラッと並《なら》んだ本をながめていた。

「あれっ、何だろう。へんなコーナー」

そこには、【 ぜったい、読《よ》むな 】と書かれたプレートがかかっている。

「なになに、『王宮《おうきゅう》のまものたち』、『プールにひそむもののけ』……。なんかへんな本ばっかりあるわね。あ、これおもしろそう」

彩菜《あやな》は、その中の一冊《いっさつ》を手に取《と》った。『ひばりヶ丘《おか》小の言い伝《つた》え』という題《だい》の本だ。ゆっくりとページを開《ひら》いていく。

「なにこれ、何にも書いてないじゃない」

たしかにどこのページを開《ひら》いても、ただまっ白な紙があるだけで、何も書かれていない。彩菜《あやな》は、コクンと首をかしげた。と、その時あたりが急《きゅう》に暗《くら》くなった。さっきまで明るい日ざしがさしこんでいたはずなの

に。開《あ》けはなたれたまどから、どうっと風がふきこむ。

「きゃっ！」

彩菜《あやな》は手にしていた本を、思わず放《ほう》り出した。まっ白な本の中から、白いゆげのかたまりのようなものが、もやもやっと立ちのぼったのだ。

「何よ、これ。いったい何なのよ」

彩菜《あやな》はただぼうぜんと、その白いゆげのようなものを見つめるだけだ。

【ねえ……】

とつぜん彩菜《あやな》の背中《せなか》で、か細い声がした。

「えっ」

ふり向くと、そこには人間の形をした白いもやもやとしたものが立《た》っている。

【あんた、見なかったのかい。「ぜったい、読《よ》むな」って書いてあったはずだよ】

「えっ、あ、あの、あたし、転校《てんこう》してきたばっかりで何も知らなかったんです」

彩菜《あやな》は二、三歩後ずさりしながら、なみだ声でそう言った。

【そんなことはどうでもいいんだ。さあ、いっしょに本の中へ行くんだよ】

　すると白いもやもやは、恐《おそ》ろしい顔の女に変《か》わり、彩菜《あやな》のうでをグイッとつかんだ。

「いやっ、いや！　助《たす》けて！　だれか助《たす》けて！」

悲鳴《ひめい》がシーンと静《しず》まりかえった校舎《こうしゃ》にひびく。彩菜《あやな》の体は、みるみる本の中へ吸《す》い込《こ》まれ、やがて見えなくなった。あとには、まっ白なページが残っているだけだ。

　そしてそこはまた、元の静《しず》かな図書室にもどった。何ごともなかったかのように。

のろいの黒髪《くろかみ》

「わあっ、きれいな髪《かみ》ねえ」

教室を女子たちのため息《いき》が包《つつ》んだ。

「中村《なかむら》まりるです。よろしく」

へんな名前！　とつぶやいている男子がいる。わかってないなあ、男子って。かわいい名前じゃない。それにとってもきれいな長い黒髪《くろかみ》。

「でもさ、佑香《ゆうか》の髪《かみ》の方がやっぱりきれいなんじゃない？」

わたしの名前は佑香《ゆうか》。伊藤佑香《いとうゆうか》。わたしの髪《かみ》も、みんなが「きれい」って言ってくれる。まだ小学校に上がる前から、ずっとそう言われ続《つづ》けてきた。「サラサラのきれいなロングヘアーね」って。うれしいけど、もう言われ慣《な》れちゃって、別《べつ》に何とも感《かん》じない。

まりるは転入生《てんにゅうせい》。今日、この五年二組に転校《てんこう》してきたばかりだ。

ひと通りのあいさつが終《お》わり、指定《してい》された席《せき》に向《む》かって、まりるがゆっくりと歩いていく。わたしの席《せき》の横《よこ》を通り過《す》ぎるとき、ちらっとわたしを見た。

（こわい……）

なぜか瞬間《しゅんかん》にそう思った。深《ふか》い湖《みずうみ》のような暗《くら》く冷《つめ》たい目。そんな気が

した。

休み時間になると、女子たちがいっせいにまりるのそばに群《む》らがった。やれやれ、転入生《てんにゅうせい》が来ると、いつだってそう。もうこんな光景《こうけい》は何度《なんど》も目にしてきた。

「いいなあ、こんなきれいな髪《かみ》。わたしなんかくるくるの天然《てんねん》パーマで、おしゃれなんかできやしない」

「あたしはパサパサ。うらやましいよ、まりるちゃんとか佑香《ゆうか》の髪《かみ》って」

その言葉《ことば》に、まりるがピクッと反応《はんのう》した。友だちの背中越《せなかご》しに、またわたしの方をじっと見てる。何なのかしら、まったく。感《かん》じわる〜い！

その日の昼《ひる》休み、わたしは友だちと長なわをして遊《あそ》んでいた。すると、

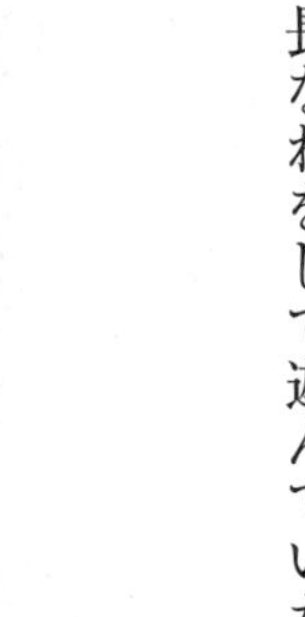

校庭《こうてい》のすみっこにまりるの姿《すがた》が見えた。木のかげでやっぱりじっとわたしを見ていた。

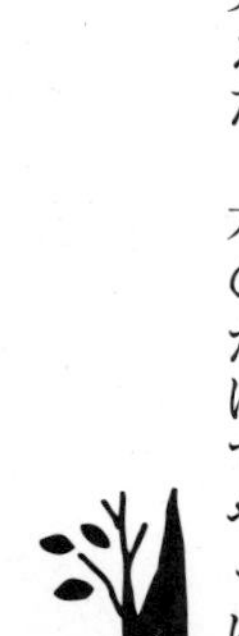

帰り道のことだった。友だちの果奈《かな》と別《わか》れて、スーパーの角を曲《ま》がったところで強い視線《しせん》を感《かん》じた。

（まりるだ。まりるがどこかでわたしのことを見ている……）

なぜかそう思った。自然《しぜん》と足が速《はや》くなる。次《つぎ》の角を曲《ま》がったところでわたしは走り出した。

「ただいま〜！」

わたしは後ろ手に、バタンとドアを閉《し》める。

郵 便 は が き

料金受取人払い

麹町局承認

6174

差出有効期間
平成20年 6 月
30日まで
(切手は不要です)

1 0 2 8 7 9 0

1 0 2

東京都千代田区
飯田橋2-4-10 加島ビル

いかだ社
「読者サービス係」行

お名前《ふりがな》 ご職業	男・女	生年月日　　年　月　日 電話

〒

ご住所

メールアドレス

お買い求めの書店名	ご購読の新聞名・雑誌名

本書を何によって知りましたか(○印をつけて下さい)

1. 広告を見て(新聞・雑誌名)
2. 書評、新刊紹介(掲載紙誌名)
3. 書店の店頭で　4. 人からすすめられて　5. 小社からの案内
6. その他( )

このカードは今後の出版企画の貴重な資料として参考にさせていただきます。ぜひご返信下さい。

読者カード

本書の書名

本書についてのご意見・ご感想

出版をご希望されるテーマ・著者

●新刊案内の送付をご希望ですか（○印をつけて下さい）

希望　　不要

●ご希望の新刊案内のジャンルをお教え下さい（○印をつけて下さい）

教育書　保育書　児童書　その他（　　　　）　全てのジャンル

ご協力ありがとうございました。

「ふうっ、まあ、わたしの気のせいかも知れないけどね」

自分にそう言い聞かせ、ランドセルを背中《せなか》からおろす。

「ピアノのレッスンまでは、まだちょっと時間があるな。この間に宿題《しゅくだい》、やっちゃおうっと」

わたしは二階《かい》にある自分の部屋《へや》に行き、宿題《しゅくだい》に取《と》りかかる。この日の宿題《しゅくだい》は、新しい漢字《かんじ》の書き取《と》りだ。

「えーっと、五回ずつだっけ。多いなあ」

ひとりごとのモンクを言いながら、何気なく窓《まど》の外を見る。

「えっ、やだ……」

そこから見えたんだ、まりるの姿《すがた》が。今度《こんど》は電柱《でんちゅう》のかげから、じっと

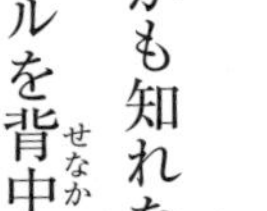

わたしの部屋《へや》を見つめてる。一瞬《いっしゅん》、背中《せなか》にゾゾッと冷《つめ》たいものがはい上がった。思い切って、ひとこと言ってやろうかとも思ったけれど、あの目を見るともうダメ。しばらくたってから、もう一度《いちど》、そっと窓《まど》の外を見た。今度《こんど》はだれもいない。わたしはホッとしてレッスンに行った。

次《つぎ》の日、何ごともなかったかのような顔で、まりるは教室にいた。

「ちょっとあんた。昨日《きのう》はどうしてうちにまで来たりしたのよ。なんかモンクあるわけ?」

と、そんなことがスパッと言えたら、すっきりするだろう。けれどあの目がこわい……。

体育《たいいく》の時間になった。まりるは見学だ。この日の体育《たいいく》は、校庭《こうてい》でハードルの練習《れんしゅう》。あ、いけない。赤白帽子《ぼうし》を教室に忘《わす》れて来ちゃった。わたしは先生の許可《きょか》を取《と》って、帽子《ぼうし》を取《と》りにもどった。

「帽子《ぼうし》、帽子《ぼうし》っと」

教室に飛《と》びこんだわたしの足が、凍《こお》りついたように止まった。そこにまりるがいたからだ。

「なんで？　あなたさっきまで、いっしょに校庭《こうてい》にいたはずじゃない。どうしてここにいるのよ。……あなたって、あなたっていったい何なの？」

するとまりるは、地の底《そこ》からひびくような低《ひく》い声でこう言った。

【あたしよりきれいな黒髪《くろかみ》が許《ゆる》せないんだよ。おまえのその髪《かみ》を引き抜《ぬ》いてやる！】

その言葉《ことば》と同時に、まりるの口がクワッと耳元まで裂《さ》けた。そして長い髪《かみ》がヘビのように伸《の》びて、わたしの首にからみついた。

「く、苦《くる》しい……」

ものすごい強さでしめつける。わたしは少しずつ遠のいていく意識《いしき》の中、なんとかこの髪《かみ》をふりほどこうと、必死《ひっし》にもがいた。と、その時だ。わたしの左手に、何かつめたいものがふれた。

（これは……。はさみだ）

振《ふ》り回した手が、ちょうど落《お》とし物箱《ものばこ》に触《ふ》れたのだ。その中に入って

コワイレ〜

いたはさみ。わたしは無意識《むいしき》にそのはさみを手にしていた。

「わたしからはなれろ〜！」

首のまわりにまとわりついた髪《かみ》に、思い切りはさみを入れた。

【キエーッ！】

まりるはこの世のものとは思えない恐《おそ》ろしい声をあげ、もんどり打《う》ってその場に倒《たお》れこんだ。と同時に、わたしの首に巻《ま》きついた黒髪《くろかみ》も、シュルシュルッと小さくなり、そして消《き》えた。そのそばには、ひとりの女の子が倒《たお》れている。セミロングの髪《かみ》をした、まりるだった。

「まりる！　だいじょうぶ？　ねえ、まりるってば」

わたしが体をゆすると、まりるはゆっくりと目を開《あ》けた。クリッとし

た目のかわいい女の子だ。まりるにはちがいないけれど、これまでのつめたい感《かん》じはまったくない。

「あれっ、ここはどこ？　あなたはだあれ？」

きょとんとした顔で、わたしを見上げた。

「あなた、何も覚《おぼ》えていないの？」

するとまりるは、軽《かる》くうなずいた。ふと見ると、今、切り落《お》としたはずの黒髪《くろかみ》は、もうどこにもない。

「何かの霊《れい》に取りつかれていたのかも知れないね。でもこれでもうだいじょうぶみたい」

わたしがそう言っても、まりるはただ首をかしげるばかりだった。

開《あ》かずの部屋《へや》

ぼくの学校には、〝開《あ》かずの部屋《へや》〟と呼《よ》ばれる空き部屋《べや》がある。旧《きゅう》校舎《こうしゃ》の四階《かい》、その一番奥《いちばんおく》にある部屋《へや》だ。教室ではない、なぞの部屋《へや》だ。

ぼくは五年生。陸上部《りくじょうぶ》に入っている。

「へーい、これ、もーらい！」

いたずら好《ず》きの慶斗《けいと》が、ぼくのスポーツタオルを持《も》って逃《に》げた。ぼくと慶斗《けいと》は陸上部《りくじょうぶ》の練習《れんしゅう》を終《お》えて、今、教室にもどってきたところだ。

「おい、返《かえ》せよ。返《かえ》せってば！」

いつもこうなんだ。悪《わる》ふざけを繰《く》り返《かえ》す慶斗《けいと》に、さすがのぼくも腹《はら》が立った。いつもなら、適当《てきとう》なところで相手《あいて》にしなくなるんだけど、今日は追《お》いかけた。徹底的《てっていてき》にあとを追《お》った。

「ちっくしょう。いったいどこまで逃《に》げるつもりなんだ」

階段《かいだん》をかけあがる。

「あれっ、どこへ行ったんだ？」

んもう腹《はら》が立つ。慶斗《けいと》を見失《みうしな》った。ふと気がつくと、ぼくは四階《かい》の廊下《ろうか》にいた。

「慶斗《けいと》、おーい、慶斗《けいと》！」

いくらよんでも返事《へんじ》はなかった。

「ちぇっ、また逃《に》げられたか。まったく、逃《に》げ足の速《はや》いやつだ」

そう吐《は》き捨《す》てるようにつぶやいたとき、ぼくの目にちょっと気になるものが映《うつ》った。開《あ》かずの部屋《へや》の入り口が、少しだけ開《あ》いているのだ。

「ここって、ぜったいに開《ひら》けないんじゃなかったっけ」

そっと近づいてみる。試《ため》しにドアに手をかけてみた。すると、ギギッといやな音がして、そのドアが開《あ》いた。少しためらったけど、好奇心《こうきしん》の方が強かった。ぼくはゴクッとつばを飲《の》みこんで、ゆっくりと中にはいる。うす暗《ぐら》くて、ほこりくさい。きっと何年も使《つか》っていない部屋《へや》なんだろう。古びた本棚《ほんだな》と、こわれたソファーがおいてある。

「いったい何なんだ、この部屋《へや》は」

ぼくがそうつぶやいたその時、大きな音がして、ドアが閉《し》まった。

「な、なんだ。どうなってんだ！」

ドアノブに手をかけて開《あ》けようとしたが、びくともしない。この部屋《へや》には窓《まど》も一つだけ。それも、天井《てんじょう》近くに明かり取《と》りの小さな窓《まど》があるだけだ。とても、外へ出られるような窓《まど》じゃない。

それにここは四階《かい》……。

「なんだよう。出してくれよう！」

いくら叫《さけ》んでも、ドアは開《あ》かない。と、そのとき、ドアを激《はげ》しくたたく音がした。

「慶斗《けいと》か？　ここから出してくれ。開《あ》かないんだ」

しかし、返事《へんじ》はない。その代わりに、ドアはますます激《はげ》しくたたかれた。とてもふつうではない激《はげ》しいたたき方だ。気が狂《くる》ったようにたたき

続《つづ》けている。そして一瞬《いっしゅん》、その音が止まったと思ったとたん、ドアが再《ふたた》びギギッと不気味《ぶきみ》な音を立てて、ゆっくりゆっくりと開《ひら》き始《はじ》めた。チャンス！これで出られる。そうも思ったが、それとは別《べつ》の思いの方が強かった。

（開《あ》けたら何かが入ってくる……）

ぼくは思い切り、ドアを閉《し》めた。すると、またもや狂《くる》ったようにドアをたたく音が、部屋《へや》中にひびく。

「開《あ》けたらダメだ。開《あ》けたら、ぼくは殺《ころ》される」

ぼくは必死《ひっし》でドアを押《お》さえ続《つづ》けた。

いったい、どれくらいの時間がたったのだろう。ようやく、静《しず》かになった。やっとあきらめたのか、ドアをたたく音がしなくなったのだ。その時だった。

「だれか、中にいるのか?」
聞いたことのある声……。

「用務員《ようむいん》さんだ! はい、中にいます。外に何かおかしなものはいませんか?」
ぼくの質問《しつもん》には答えず、用務員《ようむいん》さんはドアをゆっくりと開《あ》けた。

「ああ、助《たす》かった。よかったぁ」

ぼくはドアの外に顔を出して、あたりをキョロキョロとながめ回す。何もいないようだ。そんなぼくを見て、用務員《ようむいん》さんはこわい顔をしている。

「この部屋《へや》には入っちゃいけないことになっているのを知らないのか？見たところ、高学年だな。だったら知ってるだろう」
この用務員《ようむいん》さんはもう、この学校に八年もいるそうだ。この部屋《へや》の秘密《ひみつ》を何か知っているのかも知れない。ぼくはこの部屋《へや》で起《お》きた出来事《できごと》の一部始終《いちぶしじゅう》を話《はな》して聞かせた。
「もしあのままにしておいたら、きっと何かが入ってきたと思うんです」

するとよ用務員《ようむいん》さんは、ぼくの顔をじっと見たまま、表情《ひょうじょう》一つ変《か》えずにこう言った。

「そうじゃない。アイツはここから出たくてドアをたたいていた。つまり、中からたたいていたんだよ。アイツは自分の力だけでここから出ることはできないんだ」

「アイツってだれなんです？　何者《なにもの》なんですか？」

ぼくが顔をのぞきこむようにして尋《たず》ねると、用務員《ようむいん》さんは部屋《へや》の中をぐるりと見回してから言った。

「それは言えないんだ。そんなことを知るのは、わたしだけで十分《じゅうぶん》なんだよ」

用務員《ようむいん》さんはそれだけ言うと、ぼくを外に出し、部屋《へや》にかぎをかけた。

いったい、だれがこの部屋《へや》のカギを開《あ》けたんだろう。アイツって何ものなんだろう。そして、この用務員《ようむいん》さんって、どういう人なんだろう……。

いろいろな疑問《ぎもん》がぼくの頭の中をかけめぐる。ただひとつはっきりしていることは、アイツはずっと部屋《へや》の中にいたということ。そしてぼくもアイツといっしょにずっと同じ部屋《へや》の中にいたということ……。

「おーい、どこにいたんだよ。さがしたぞ」

ぼくのスポーツタオルを振《ふ》り回しながら、こっちに走ってくる慶斗《けいと》が見えた。

すすり泣《な》く教室

ブラスバンドの練習《れんしゅう》は、けっこうきつい。

「ふうっ、今日も居残《いのこ》り特訓《とっくん》か」

わたしの担当《たんとう》楽器《がっき》はトランペット。他《ほか》の人たちよりも指《ゆび》の動《うご》きがワンテンポおそい、ということで、時々こうして先生からたった一人の特訓《とっくん》を受《う》ける。わたしはため息《いき》を一つついて、それから疲《つか》れた足どりで教室への階段《かいだん》を上がった。もう夕暮《ゆうぐ》れの気配《けはい》があちこちにただよっている。

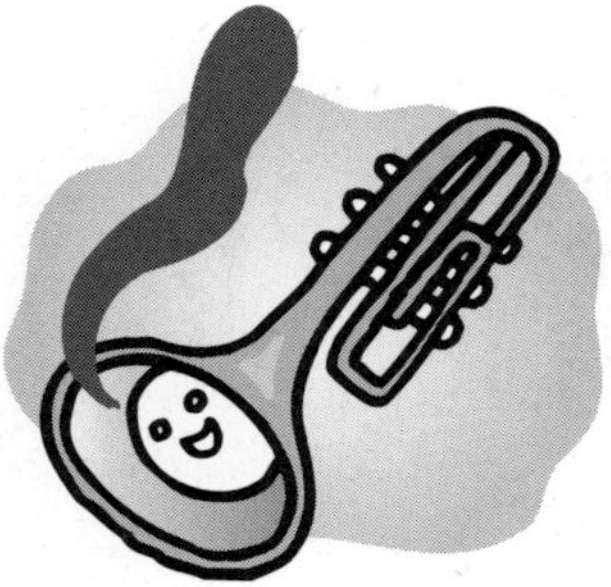

「おそくなっちゃった。早く帰らないと」

飛《と》びこむように教室へ入ったわたしは、一瞬《いっしゅん》、ギョッとした。黒板《こくばん》一面《いちめん》に赤いチョークで【　さみしい　】と、ビッシリ書いてあったからだ。

「だれよもう。こんなたちの悪《わる》いいたずらをするのは」

わたしは黒板消《こくばんけ》しを右手に持《も》って、それを消《け》しにかかった。ところがその文字は、いくらふいても消《き》えることがなかった。

「なんで？　どうして消《き》えないの？」

その時だった。どこからともなく、すすり泣《な》くような声が聞こえてきたのだ。

「えっ、何これ……」

わたしの背中《せなか》をゾッとしたものがはい上がる。逃《に》げようとしてドアに手をかけたけれど、そのドアが開《あ》かない。いくら力をこめても、びくともしない。前のドアも後ろのドアも。窓《まど》から外を見たけれど、ここは三階《がい》。飛《と》び降《お》りられるはずがない。

「どうしよう。どうしたらいいのよ」

わたしが頭を抱《かか》えこみ、教室のすみで震《ふる》えているその時だ。掃除《そうじ》ロッカーのとびらがゆっくりと開《ひら》き、中から青白く細い手が出てきたのだ。

「キャーッ！」

わたしの叫《さけ》び声が、教室中にひびきわたる。恐《おそ》ろしいのに、目がロッカーから離《はな》れない。すると手に続《つづ》いて、しっとりとぬれた長い黒髪《くろかみ》がゆらっとゆれた。そして、枯《か》れ木のようにやせた女の人が、ふらりと現《あらわ》れたのだ。

【ううっ、さみしい。さみしいよ】

わたしが二度目《どめ》の悲鳴を上げると、その女の人は床《ゆか》にドサッとたおれた。そしてズルズルとヘビのように体をくねらせて、わたしの方へ近づいてくる。その目は片方《かたほう》がつぶれ、口は耳まで裂《さ》けている。

「来ないで！　来ないでったら！　お願いだからあっち行ってよ！」

わたしは近くにあった椅子《いす》や机《つくえ》を動《うご》かし、バリケードをはった。しかしその〝ヘビ女〟は、平気《へいき》でそれを乗《の》り越《こ》えて近づいてくる。次《つぎ》の

さみしい
きたないし…
くね
くね
はじめまして〜

瞬間《しゅんかん》、ヘビ女の手がすごい速《はや》さで伸《の》びて、わたしの足首をつかんだ。

「離《はな》して！　もういやだ〜！」

ふりほどこうとするわたしの腕《うで》に、長い黒髪《くろかみ》がからみつく。と、その時、教室のドアがガラッと開《あ》いた。その音におどろいたのか、ヘビ女の手がキュッと縮《ちぢ》み、スルスルと再《ふたた》び掃除《そうじ》ロッカーの中へもどっていった。

「あれっ、美樹《みき》。ここで何やってんの？」

入ってきたのは、陸上部《りくじょうぶ》でクラスメイトの結衣《ゆい》だった。続いて三人の友だちがドヤドヤと入ってくる。

「どうしたの、美樹《みき》。泣《な》いたみたいな顔して」

「それに何だか、顔色が悪《わる》いわよ」

友だちがわたしの顔を下からのぞきこむ。わたしは自分の体が細かくふるえているのに、初《はじ》めて気がついた。

「あ、あの……。あの……」

歯《は》がガチガチ鳴って、思うように話ができない。

「あのね、そ、掃除《そうじ》ロッカーから出てきたの。目がつぶれてて、口が耳まで裂《さ》けてて……」

あとはもう、言葉《ことば》にならない。思い出すのも怖《こわ》かった。

「まーさか。このロッカーでしょ」

結衣《ゆい》がいきなりロッカーの取《と》っ手に手をかけた。

「だめ！　やめて結衣《ゆい》！」

しかし結衣《ゆい》は、ロッカーのとびらを一気に開《あ》けた。

「なーんもいないじゃん。ほうきがお化《ば》けになったとでも言うの？」

「う、うそ……」

わたしはおそるおそる、ロッカーの中を見た。そこには数本のほうきと、ふたつのちりとりがぶらさがっているだけ。

「疲《つか》れてるんじゃないの、美樹《みき》は。はいはい、家へ帰ってゆっくり休んでちょうだい」

まるで信《しん》じてくれない。

「本当なんだってば。目がつぶれてて、口が耳まで……」

「あっそう」

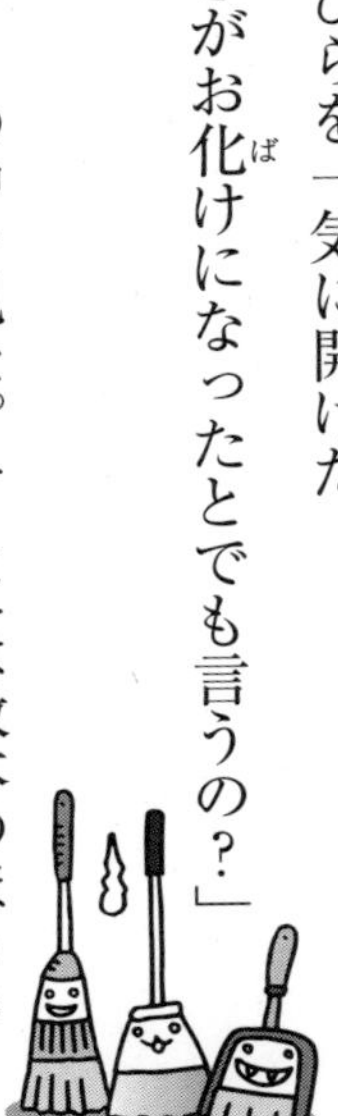

結衣《ゆい》が、めんどくさそうに、美樹《みき》の言葉《ことば》をさえぎる。そしてゆっくりとふり返《かえ》りながら、低《ひく》い声でこう言った。

【ふうん、そうなの。それじゃ、こんな顔だった？】

ふり向《む》いたその顔は、片眼《かため》がつぶれ、口が耳元《みみもと》までさけていた。

「ヒーッ！」

そんな悲鳴と同時に、わたしは気を失《うしな》った。

「美樹《みき》、美樹《みき》！　もういいかげんに起《お》きなさい」

その声に、フッと目が覚《さ》める。窓《まど》からさしこむ春の光がまぶしい。ズンと重《おも》い感《かん》じの頭を振《ふ》って声のした方を見ると、母の顔があった。

「あー、夢《ゆめ》だったのかあ。いやな夢《ゆめ》見たなあ」

わたしはベッドの上で大きく伸《の》びをして、上半身《じょうはんしん》を起《お》こした。時計《とけい》を見ると、もう九時半。

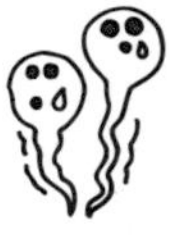

「そっか。今日は土曜日だったんだ」
母はちょっとあきれ顔で、部屋《へや》から出て行った。
「さてと、着《き》がえるか」
パジャマをぬごうとしたわたしの手に、何かおかしな感触《かんしょく》が走った。

「ん、何?」
いやな予感《よかん》がわたしの全身《ぜんしん》を包《つつ》む。おそるおそる自分の右手を見ると、そこには数本の長い髪《かみ》の毛がからみついていた。

夜の体育館《たいいくかん》

あたりはまっ暗《くら》だった。

「あーあ、すっかりおそくなっちゃったなあ」

ぼくは今、学習塾《がくしゅうじゅく》からの帰り道だ。今日は「居残《いのこ》り特訓《とっくん》」ってやつをやらされて、いつもよりずっとおそい時刻《じこく》に塾《じゅく》を出た。来年は受験《じゅけん》だから、塾《じゅく》の先生も必死《ひっし》みたいだ。

「今日はこっちから帰っちゃえ」

ぼくは、ふだんとちがう路地《ろじ》に入っていった。いつもなら言われているとおりに、明るいバス通りを通るんだけど、この日は近道をして帰ることにした。ぼくの通っている学校には秘密《ひみつ》の抜《ぬ》け道があって、そこを通っていくとグッと近道になるんだ。季節《きせつ》はもう春。歩いていても寒《さむ》くはないけれど、空《す》きっ腹《ぱら》がぼくを近道にさそいこむ。

いつもなら右に曲《ま》がる角を左に曲《ま》がり、ぼくはその横道《よこみち》に入っていく。すると間もなく、学校《がっこう》の体育館《たいいくかん》が見えてきた。

「さてと、たしかこのあたりに……。あった、あった。ここだ」

体育館《たいいくかん》わきのフェンスが一部分《ぶぶん》こわれていて、体をよじるとどうにか中へはいることができるんだ。六年生のぼくでも入れるんだから、たい

ていの小学生はここから出入りすることができるだろう。だけど、この秘密《ひみつ》を知っている者《もの》はほとんどいない。
夜の校庭《こうてい》は、やみの世界《せかい》だ。まっ黒な魔物《まもの》があたりをかけ回っているような、そんな気がする。ぼくは早足で体育館《たいいくかん》のわきを通り過《す》ぎようとした。いつの間にか、白い月があたりを明るく照《て》らしている。校庭《こうてい》の魔物《まもの》たちも、今はひっそりとなりをひそめている。と、その時だ。

【ポーン、ポーン】

どこからか、おかしな音が聞こえてくる。ぼくは立ち止まって、耳をすました。

【ポーン、ポーン】

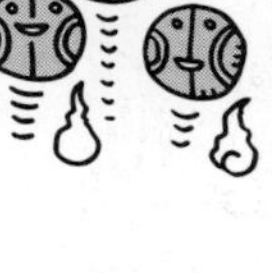

たしかに聞こえる。どうも体育館《たいいくかん》の中から聞こえるような気がする。そんなバカな話はないのだが、気になってしかたがない。ぼくは体育館《たいいくかん》に近づき、通気口《つうきこう》（体育館《たいいくかん》の床《ゆか》の高さに開《ひら》いている小窓《こまど》）から中をのぞきこんでみた。月の光が窓《まど》からさしこみ、中を明るく照《て》らしている。その時、ぼくの心臓《しんぞう》はドクンと大きな音を立てた。

「う、うそだろ……」

体育館《たいいくかん》の中でボールがひとつ、だれもいないのに【ポーン、ポーン】とはねているのだ。気のせい？　目の錯覚《さっかく》？　そうは思ったが、たしかにバスケットボールが、ひとりでに体育館《たいいくかん》をはね回っていた。そしてそのボールが、ひとつ、またひとつと増《ふ》えていくのだ。

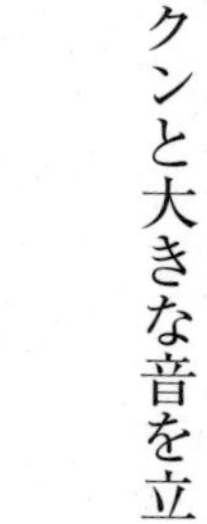

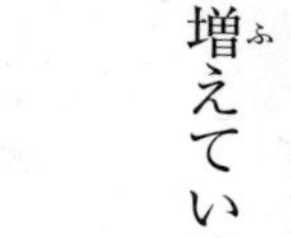

「うわっ、な、なんだ？」

　ぼくは、めちゃくちゃに走って、家まで帰り着《つ》いた。

「どうしたの、凌《りょう》。なんだか顔色が悪《わる》いわよ」

　おかあさんにそう聞かれたけど、「なんでもない」と答えた。こんなこと、だれに言ったって、信《しん》じてもらえるわけがない。ぼくは夕食《ゆうしょく》を口の中に流《なが》しこみ、いつもよりずっと早い時刻《じこく》にベッドへ入った。

（やっぱり気のせい？　そうさ、そうに決《き》まってる）

　何度も自分にそう言い聞かせる。それでもなかなか寝《ね》つけない夜だった。

次《つぎ》の日、ぼくは寝不足《ねぶそく》の頭を抱《かか》えて学校へ行った。そして五時間目……。

「早く着《き》がえなさい。今日からミニバスだぞ」

先生の言葉《ことば》に、ドッと歓声《かんせい》があがる。

(ミニバス？　ということは、ボールを使《つか》うのか)

当たり前のことだが、ぼくは何となく気が重《おも》くなった。

準備体操《じゅんびたいそう》が終《お》わり、それぞれのグループに一つずつ、バスケットボールを用意《ようい》する。

「まずはパス練習《れんしゅう》だ。チェストパスを中心に、いろいろなパスを使《つか》ってみなさい」

　先生の説明《せつめい》が終《お》わり、ホイッスルの合図《あいず》と共《とも》にパス練習《れんしゅう》が始《はじ》まった。

（気にしない、気にしない。楽《たの》しく練習《れんしゅう》すればいいんだ）

　そんなことを心の中でつぶやいたぼくに、ボールが回ってきた。

「はいパス」

「いてっ！　何すんだよ、凌《りょう》！」

　おかしい。真正面《ましょうめん》の亮太《りょうた》にパスしたはずなのに、なぜかボールは右どなりの祐太郎《ゆうたろう》を直撃《ちょくげき》した。それも顔面《がんめん》にだ。

「あ、ごめん。手がすべっちゃって」

　その場はどうにかそれですんだ。けれど次《つぎ》にボールが回ってきたとき、またも同じことが起こったんだ。今度《こんど》は左どなりの秀貴《ひでたか》にぶつけてしま

った。その秀貴《ひでたか》と祐太郎《ゆうたろう》が先生に報告《ほうこく》し、ぼくは先生にこってり怒《おこ》られることになった。

「まじめにやってるのか、凌《りょう》！　この前のサッカー事件《じけん》のことをわすれたのか！」

強い口調《くちょう》だった。そう、サッカー事件《じけん》。それは先週《せんしゅう》のこと。ぼくがバスケットボールでサッカーをし、先生にこっぴどく叱《しか》

られた。〃事件《じけん》〃というのはちょっと大げさな気がするんだけど……。

ついてない一日だった。あのあとぼくは、体育《たいいく》を見学するように言われた。

「ちぇっ、ちょっと手がすべっただけなのにな」

おもしろくない気分を抱《かか》えて家に帰る。

「ただいま〜。なんだ、だれもいないのか」

おかあさんは買い物にでも行ったのだろう。ぼくはランドセルから家のカギを取《と》りだし、中へ入った。

「あ〜、のどがかわいた」

勢《いきお》いよく冷蔵庫《れいぞうこ》を開《あ》けたぼくの目が、まん丸になった。

「なんだ、これ」
　いったいどういうことだろう。冷蔵庫《れいぞうこ》の中になんとバスケットボールが入っているのだ。妹のいたずらだろうか。だけどうちには、こんなバスケットボールなんかないはずだ。ぼくは気味《きみ》が悪《わる》くなって、そのまま冷蔵庫《れいぞうこ》のとびらを閉《し》めた。そして、二階《かい》にある自分の部屋《へや》へかけあがる。そしていつものようにドアを開《あ》けた。
「なんだこれ。ど、どうなってんだ」
　ぼくの体は、かなしばりにあったように、その場でかたまった。青いはずのカーペットが、赤茶色《あかちゃいろ》に変《か》わっている。いや、そうではなかった。床一面《ゆかいちめん》に、ぎっしりバスケットボールがしきつめられているのだ。そし

てそのボールたちがやがてモソモソと動《うご》きだし、いっせいに【ポーン、ポーン】とはね始めたのだ。

「うわっ、ゆ、ゆるしてくれ。もう二度とけったりしないから!」

ぼくはそう叫《さけ》んで目をつぶり、床《ゆか》に頭をこすりつけた。

「ごめんよ、ごめんよう!」

いったいどれくらいの時間、そうしていたのだろう。いつの間にかボールのはねる音が止まり、あたりがシーンと静《しず》かになった。ぼくはそっと目を開《あ》ける。するとそこにはもう、ボールの姿《すがた》はなかった。

「ただいま~」

おかあさんの明るい声が、階段《かいだん》の下から聞こえた。

オ・マ・エ・ノ・バ・ン・ダ

三月になった。五年生のぼくは、卒業式《そつぎょうしき》の練習《れんしゅう》で忙しい。五年生は在校生《ざいこうせい》代表《だいひょう》として、卒業式《そつぎょうしき》に参加《さんか》する。その練習《れんしゅう》も、そろそろ仕上《しあ》げの時期《じき》にさしかかっていた。

今日は呼《よ》びかけの練習《れんしゅう》だ。その前に、音楽の先生が歌《うた》についての注意《ちゅうい》をしている。その注意《ちゅうい》が終《お》わった直後《ちょくご》のことだ。

「岡井君《おかいくん》。ちょっとこっちへ来てくれないか」

担任《たんにん》の町田《まちだ》先生がぼくを手招《てまね》きする。

「はい、何ですか？」

「わるいな。職員室《しょくいんしつ》に行って、先生の机《つくえ》の上に置《お》いてあるシナリオを取《と》ってきてくれないか。今、ここを離《はな》れるわけにはいかないんだ」

（なんでぼくなんだ）

うっかり不満《ふまん》が顔に出たのか、先生はもう一度《いちど》「たのむ」と言った。

「はい、わかりました。机《つくえ》の上ですね」

ぼくはしかたなく職員室《しょくいんしつ》へ向かった。体育館《たいいくかん》を出て、階段《かいだん》を上がる。

二階の廊下《ろうか》は、シーンと静《しず》まりかえっていた。職員室《しょくいんしつ》はこの階《かい》にある。

「失礼《しつれい》しま〜す」

ぼくは、そっと職員室《しょくいんしつ》のドアを開《あ》ける。

「なんだ、だれもいないや」

先生たち、いそがしいんだろうか。いつもなら、たいてい教頭先生か、教務主任《きょうむしゅにん》の先生がいるんだけど。今は人っ子一人いない。

「入りますよ～。町田《まちだ》先生にたのまれましたので」

だれもいないとわかってはいても、だまって入るのは何か気がひける。ひとことことわれば、それだけで何となく気がおさまるものだ。

「ええと、町田《まちだ》先生の机《つくえ》は……と」

ぼくはどろぼうみたいな忍《しの》び足で、町田《まちだ》先生の机《つくえ》に向かった。

「先生って、けっこうだらしないんだな」

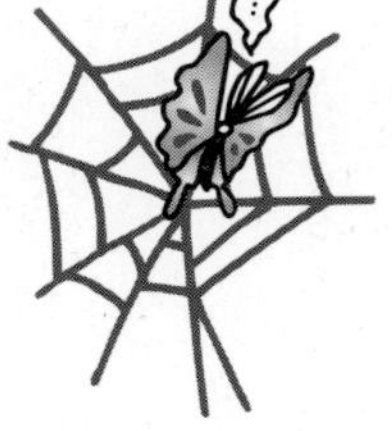

机《つくえ》の上は、いろいろな書類《しょるい》が山積《やまづ》みになっていて、どこに何があるんだか、一目ではわからない。

「ええと、シナリオは……。あった、これだな」

目的《もくてき》のシナリオは、バインダーの下にかくれていた。だが、それよりももっと気になるものが机《つくえ》の上にある。

「しょうがないな、先生。パソコンつけっぱなしにしちゃって」

電源《でんげん》を切りわすれた先生のノートパソコンが、書類《しょるい》の上で少しななめになって置《お》かれていた。

「シャットダウンしておいてあげようかな。いや、でもよけいなことをして、また怒《おこ》られたら損《そん》だぞ」

そう思い、その場を離《はな》れようとしたその時だ。先生のパソコンが、カタカタッと音を立てた。そしてキーボードのキーがかってに動《うご》き、ゆっくりと文字をきざんでいく。

「なんだ、どうなってんだ?」

ぼくの目は、パソコンの白い画面《がめん》にくぎづけになった。

【オ・マ・エ・ノ・バ・ン・ダ……】

不思議《ふしぎ》だ。どうしてパソコンがひとりでに動《うご》き出すんだ。それに〝オマエノバン〟っていったい何だ?

何となく気味《きみ》が悪《わる》くなって、ぼくはシナリオを手に、あわてて職員室《しょくいんしつ》を出た。

（何でもないさ。きっとパソコンの故障《こしょう》だ。気にするな、気にするな）

　ぼくは自分にそう言い聞かせながら、体育館《たいいくかん》に向《む》かう廊下《ろうか》を早足で歩いた。とちゅうで一度《いちど》、職員室《しょくいんしつ》の方を振《ふ》り返《かえ》る。不気味《ぶきみ》な静《しず》けさが、廊下《ろうか》全体《ぜんたい》を包《つつ》みこんでいた。

駆《か》け下りるように階段《かいだん》を下りると、体育館《たいいくかん》が見えた。ぼくの足はいつの間にか小走りになっている。半開《はんびら》きになった鉄《てつ》のとびらから、中へ飛《と》びこむように入った。

「えっ……？」

次《つぎ》の瞬間《しゅんかん》、ぼくの足は止まり、体はクモの巣《す》にひっかかったようになり、そして頭はからまったあやとりの糸のようになった。

「な、なんでだれもいないんだ。どこへ行ったんだ」

五年生全員《ぜんいん》が集まっているはずの体育館《たいいくかん》には、だれもいなかった。

「練習場所《れんしゅうばしょ》が変《か》わったのかな？」

百人近い人数が移動できる場所《ばしょ》は、あと一か所《しょ》しかない。校庭《こうてい》だ。ぼくはシナリオをにぎりしめて、校庭《こうてい》の方に視線《しせん》を移《うつ》す。

「いない……」

そこにもいなかった。春の風に巻《ま》き上げられた砂《すな》が、校庭《こうてい》の上をすべっていく。ただそれだけだった。

「いったいみんな、どこへ行ったんだ」

と、後ろをふり返《かえ》ったとき、ぼくの全身《ぜんしん》がこおりついた。体育館《たいいくかん》の中には五年生が全員整列《ぜんいんせいれつ》していたんだ。みんな前を向《む》いたまま、ピクリとも動《うご》かない。

「う、うそだろ……」

きつねにつままれたよう、というのは、きっとこんな時に使《つか》うのだろ

う。つい今し方までは、だれもいなかったはずなのに。

　ぼくが全身《ぜんしん》をかたくしてその場に立ちつくしていると、壇上《だんじょう》の町田《まちだ》先生がゆっくりとぼくの方へ向《む》き直《なお》り、ニヤッとしたあとでこう言った。

【岡井君《おかいくん》、お待《ま》たせしたね。さあ、きみのばんだよ】

　その声が合図《あいず》だったかのように、百人近い五年生が、いっせいにぼくを見た。

「う、うわあ！」

　ぼくは思わず悲鳴《ひめい》を上《あ》げた。だってみんなの顔は、目も鼻《はな》も口もない、のっぺらぼうだったのだから。ぼくは思わず、自分の手で目をおおった。

「えっ、な、なんだ？」

ツルッとした感触《かんしょく》。今までに感《かん》じたことのない手の感《かん》じ。

「ま、まさか。うそだろ……」

すぐ近くに、体育館《たいいくかん》の大鏡《おおかがみ》がある。

ぼくはおそるおそる、その前に立った。

「ヒッ……」

それ以上《いじょう》、声が出なかった。だって鏡《かがみ》に写《うつ》ったぼくの顔が、みんなと同じ、のっぺらぼうだったんだから。

▲著者 山口　理（やまぐち　さとし）
東京都生まれ。教職の傍ら執筆活動を続け、のちに作家に専念。児童文学を中心に執筆するが、教員向けや一般向けの著書も多数。特に〝ホラーもの〟は、『呪いを招く一輪車』『すすり泣く黒髪』（岩崎書店）や、『5分間で読める・話せるこわ〜い話』『死者のさまようトンネル』（いかだ社）など、100編を超える作品を発表している。

▲絵 伊東ぢゅん子（いとう　ぢゅんこ）
東京都生まれ。現在浦安市在住。まちがいさがし、心理ゲームなどのイラスト・コラムマンガ等、子ども向けの本を手がけ、『なぞなぞ＆ゲーム王国』シリーズ、『大人にはないしょだよ』シリーズ、『恐竜の大常識』シリーズ（いずれもポプラ社）のキャラクター制作を担当。

編集▲内田直子
ブックデザイン▲渡辺美知子デザイン室

恐怖の放課後　桜の下で霊が泣く

2008年3月12日　第1刷発行

著　者●山口 理©
発行人●新沼光太郎
発行所●株式会社いかだ社
〒102-0072 東京都千代田区飯田橋2-4-10 加島ビル
Tel. 03-3234-5365　Fax. 03-3234-5308
振替・00130-2-572993
印刷・製本　株式会社ミツワ

乱丁・落丁の場合はお取り換えいたします。
ISBN978-4-87051-228-3